साहिर दाँत के डाक्टर के पास गया

Sahir Goes to the Dentist

by Chris Petty

Hindi translation by Awadhesh Misra

“पिताजी, यह दाँत कब बाहर आएगा?” साहिर कराहा।
“जब यह तैयार होगा,” पिताजी ने कहा।
“ओह! इतने दिन हो गए,” साहिर ने आह भरी।

"Dad, when will this tooth come out?" groaned Sahir.
"When it's ready," replied Dad.
"Aww! It's been ages," sighed Sahir.

उसे अधिक दिन रुकना नही पड़ा। जैसे ही उसने अपने सैण्डविच को दाँत से काटा, उसका दाँत बाहर आ गया।
“पिताजी, मैं अब उसकी तरह दिखता हूँ,” साहिर ने गर्व से कहा।
“कम से कम अब *तुम्हारे* नया दाँत निकलेगा,” पिताजी ने मुस्कराते हुए कहा।

He didn’t have to wait long. Just as he bit into his sandwich, out came his tooth.
“Hey Dad, I look just like him now,” said Sahir proudly.
“Well at least ***you*** will grow a new tooth,” said Dad, with a smile.

“तुम्हारा नया दाँत ठीक से निकल रहा है जानने के लिए हमें दाँत के डाक्टर के पास जाना चाहिए,” पिताजी ने कहा और दाँत के डाक्टर को समय नियत करने के लिए फोन किया।

"We should go to the dentist to make sure your new teeth are coming through OK," said Dad and he phoned the dentist for an appointment.

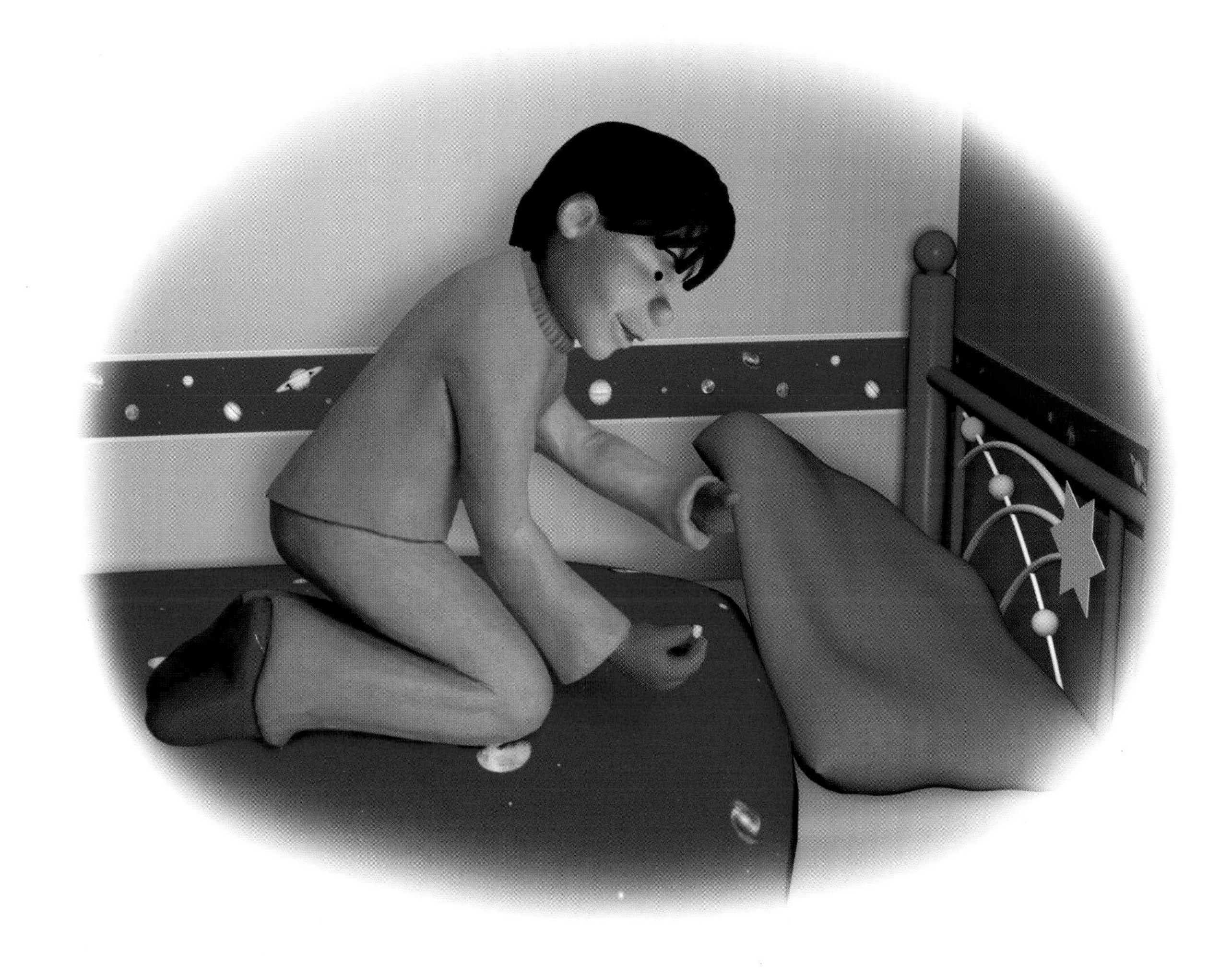

सोने के समय साहिर ने अपने दाँत को तकिया के नीचे रखा।

At bedtime Sahir put his tooth under the pillow.

अगली सुबह उसे एक चमकता सिक्का मिला। “मालूम है? दाँत वाली परी आई थी,” साहिर चिल्लाया। “पिताजी, क्या आप इसकी देखभाल करेंगे?”

The next morning he found a shiny coin. “Guess what? The tooth fairy came,” Sahir shouted. “Can you look after this, Dad?”

“मैं बहुत बड़ी चॉकलेट खरीदने जा रहा हूँ,” उसने कहा।

“I’m going to buy a big bar of chocolate,” he said.

अगले दिन साहिर, यासमीन और पिताजी सभी दाँत के डाक्टर के पास गए।

The next day Sahir, Yasmin and Dad all went to the dentist.

दाँत के डाक्टर के तैयार होने तक वे प्रतीक्षालय में बैठे रहे।

They sat in the waiting-room until the dentist was ready.

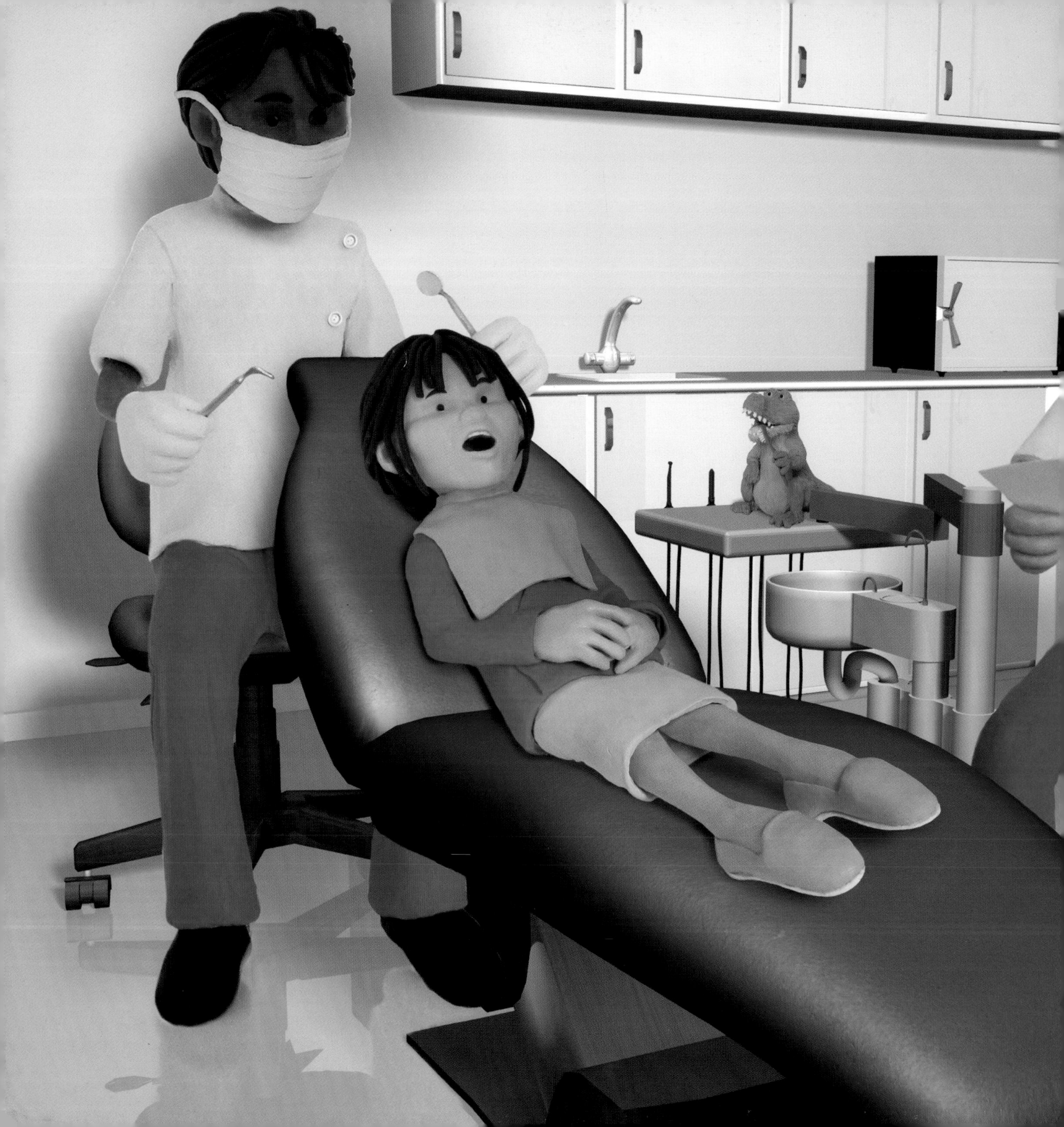

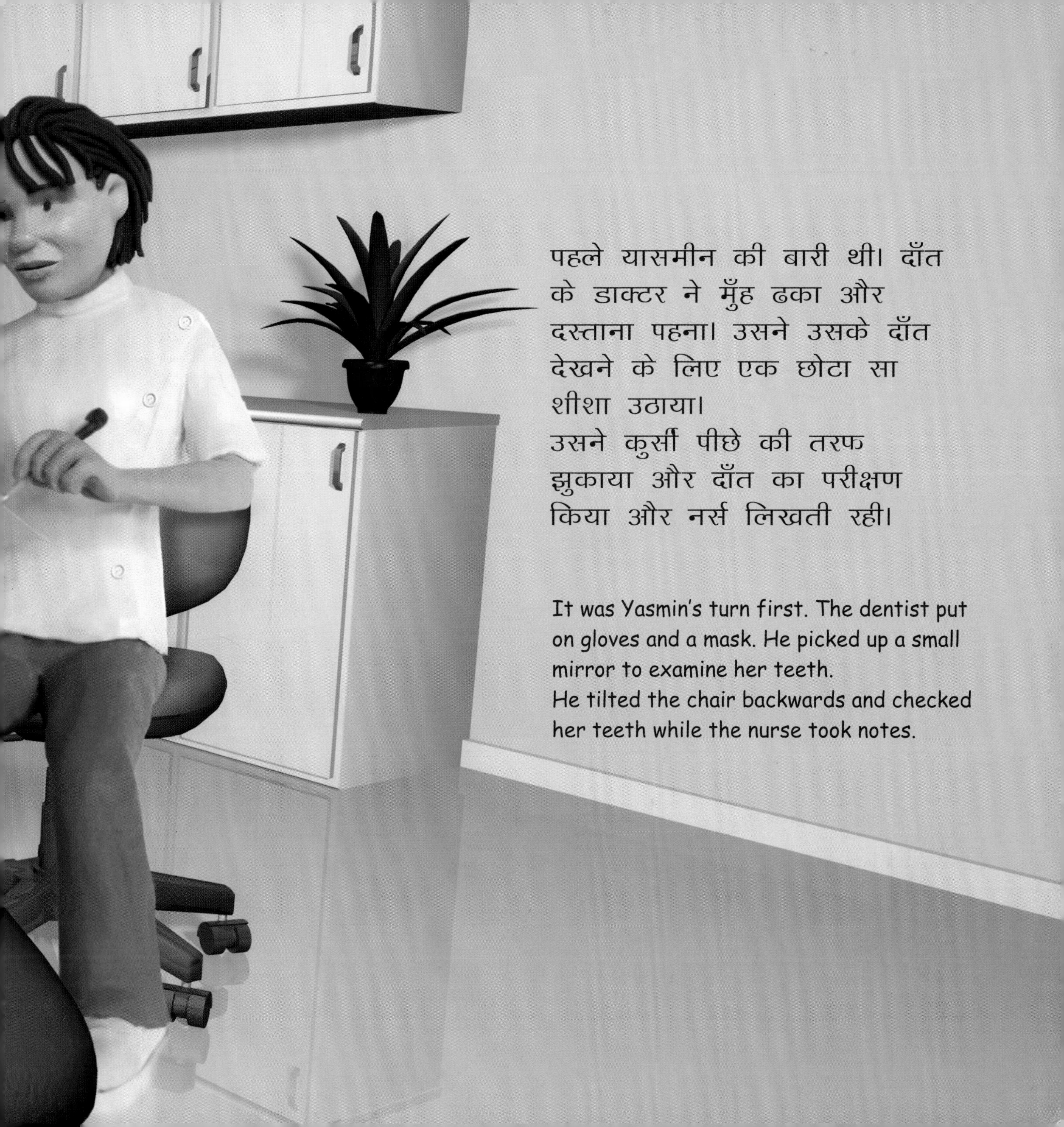

पहले यासमीन की बारी थी। दाँत के डाक्टर ने मुँह ढका और दस्ताना पहना। उसने उसके दाँत देखने के लिए एक छोटा सा शीशा उठाया।
उसने कुर्सी पीछे की तरफ झुकाया और दाँत का परीक्षण किया और नर्स लिखती रही।

It was Yasmin's turn first. The dentist put on gloves and a mask. He picked up a small mirror to examine her teeth.
He tilted the chair backwards and checked her teeth while the nurse took notes.

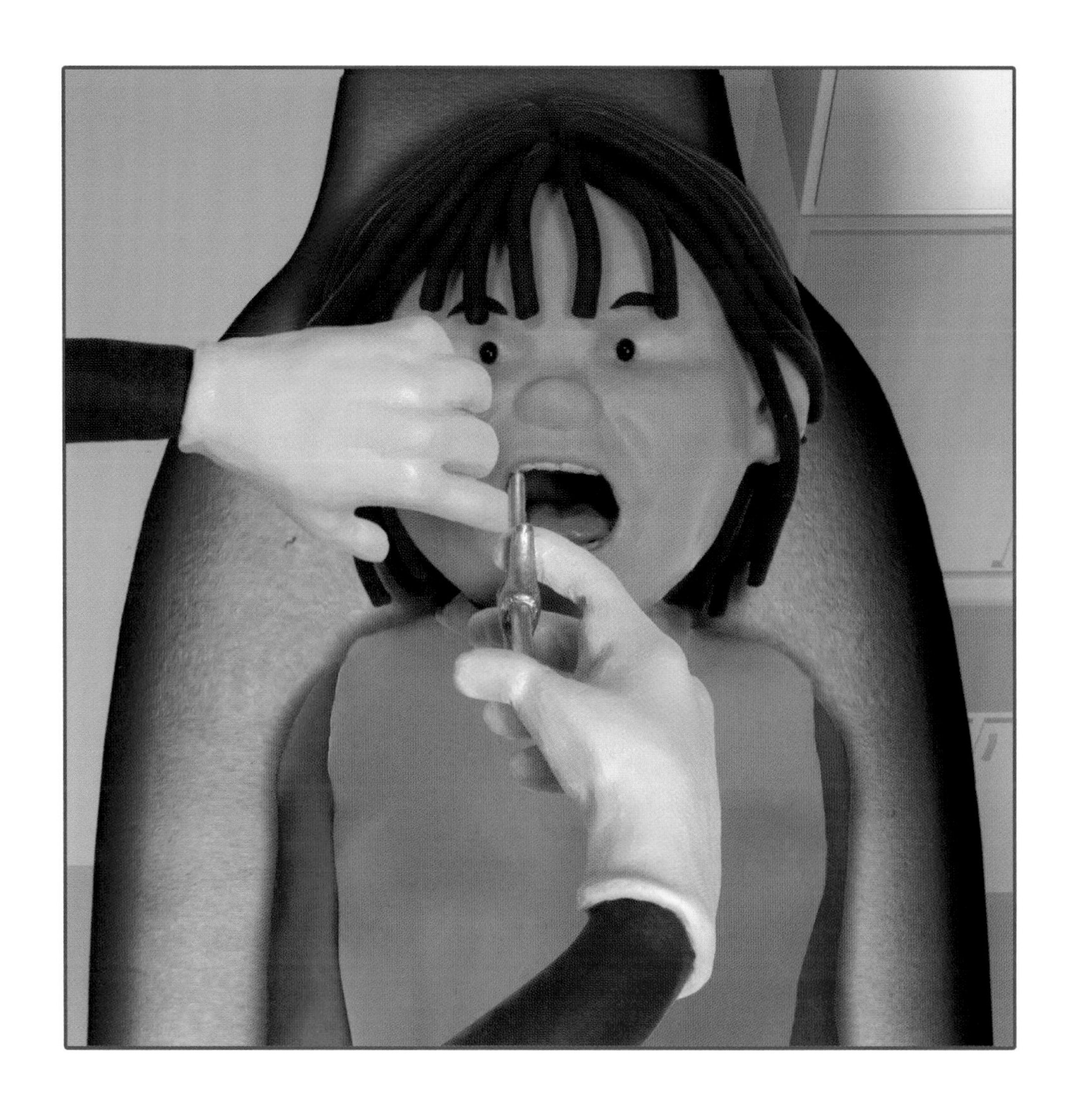

दाँत के डाक्टर ने यासमीन के पीछे वाले दाँतों में से एक में छेद देखा। “हमें उसमें थोड़ा सा भरना होगा,” उसने कहा। “मै तुमको एक सुई लगाऊँगा जिससे तुम्हारे दाढ़ सुन्न हो और दर्द न महसूस हो।”

The dentist noticed a hole in one of Yasmin's back teeth. "We'll need to put a small filling in there," he said. "I'm going to give you an injection to numb your gum so that it won't hurt."

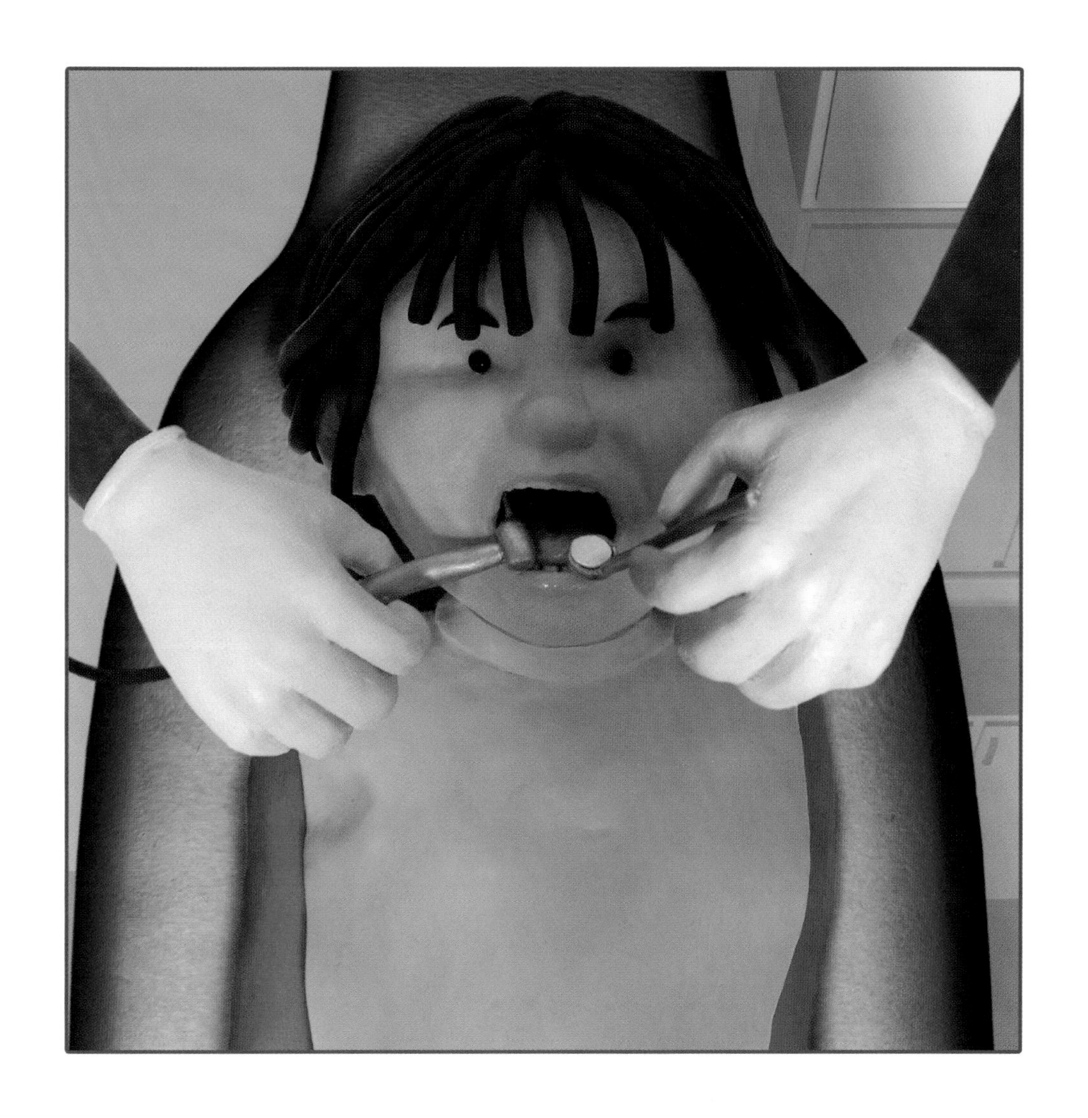

तब दाँत के डाक्टर ने दाँत के खराब भाग को
ड्रिल से निकाला।

Then the dentist removed the bad part of the tooth with his drill.

नर्स यासमीन के दाँत को खींचने वाली नली से सूखा रख रही थी। उससे तेज गड़गड़ाने वाली ध्वनि निकल रही थी।

The nurse kept Yasmin's mouth dry using a suction tube.
It made a noisy gurgling sound.

नर्स ने एक विशेष लेप मिलाया और दाँत के डाक्टर को दिया।

The nurse mixed up a special paste and gave it to the dentist.

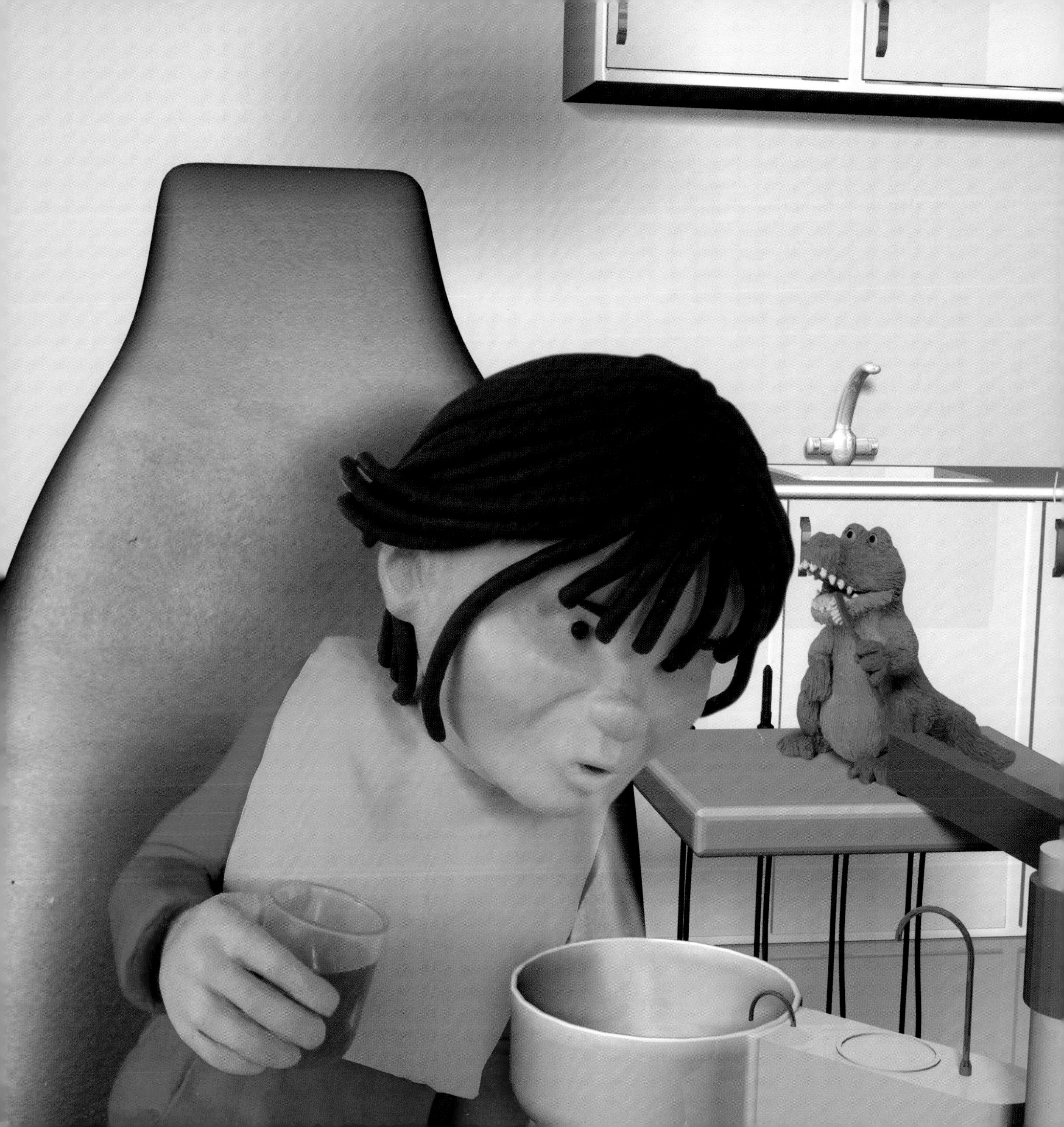

दाँत के डाक्टर ने सावधानी से छेद भरा। “लो, सब हो गया,” उसने कहा।
यासमीन ने मुँह को धोया और विशेष बेसिन में थूक दिया।

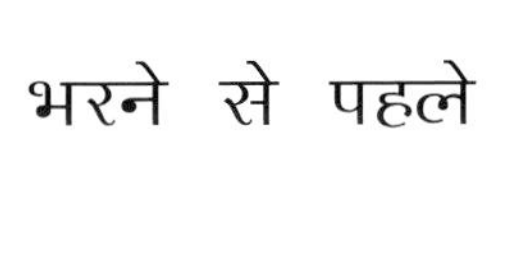
भरने से पहले

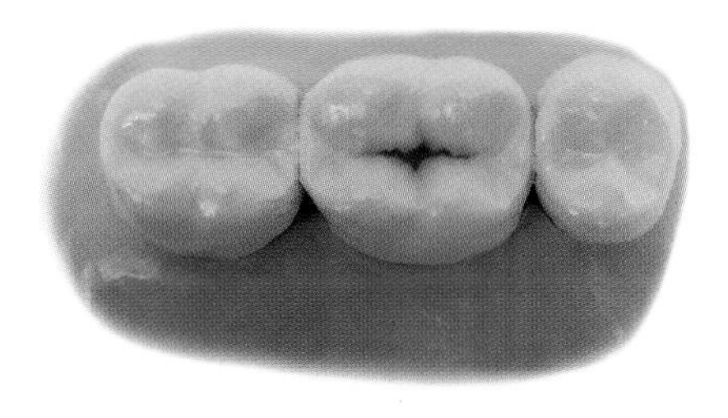

before filling

भरने के बाद

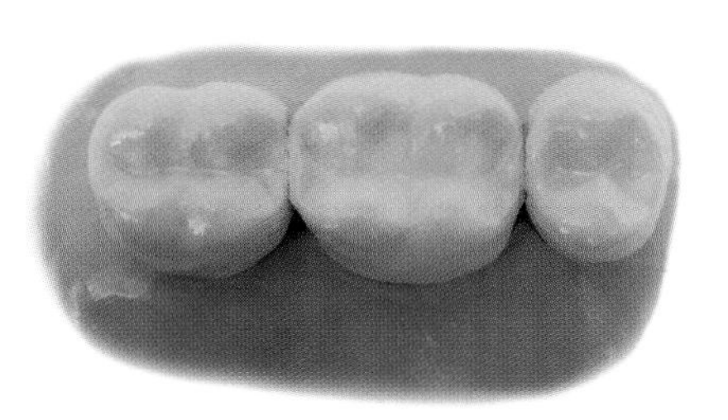

after filling

The dentist carefully filled the hole. "There you are, all done," he said.
Yasmin rinsed out her mouth and spat into a special basin.

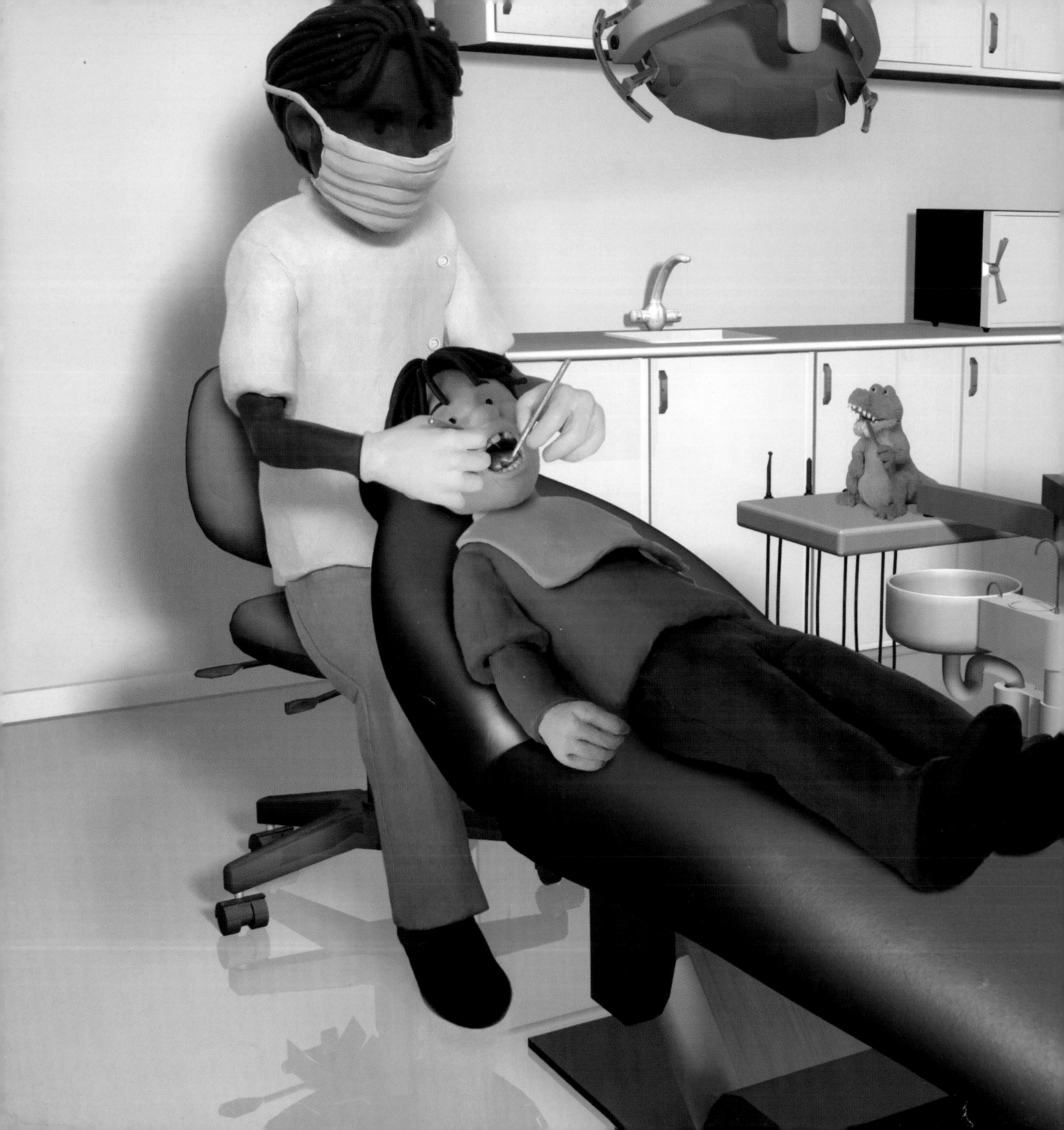

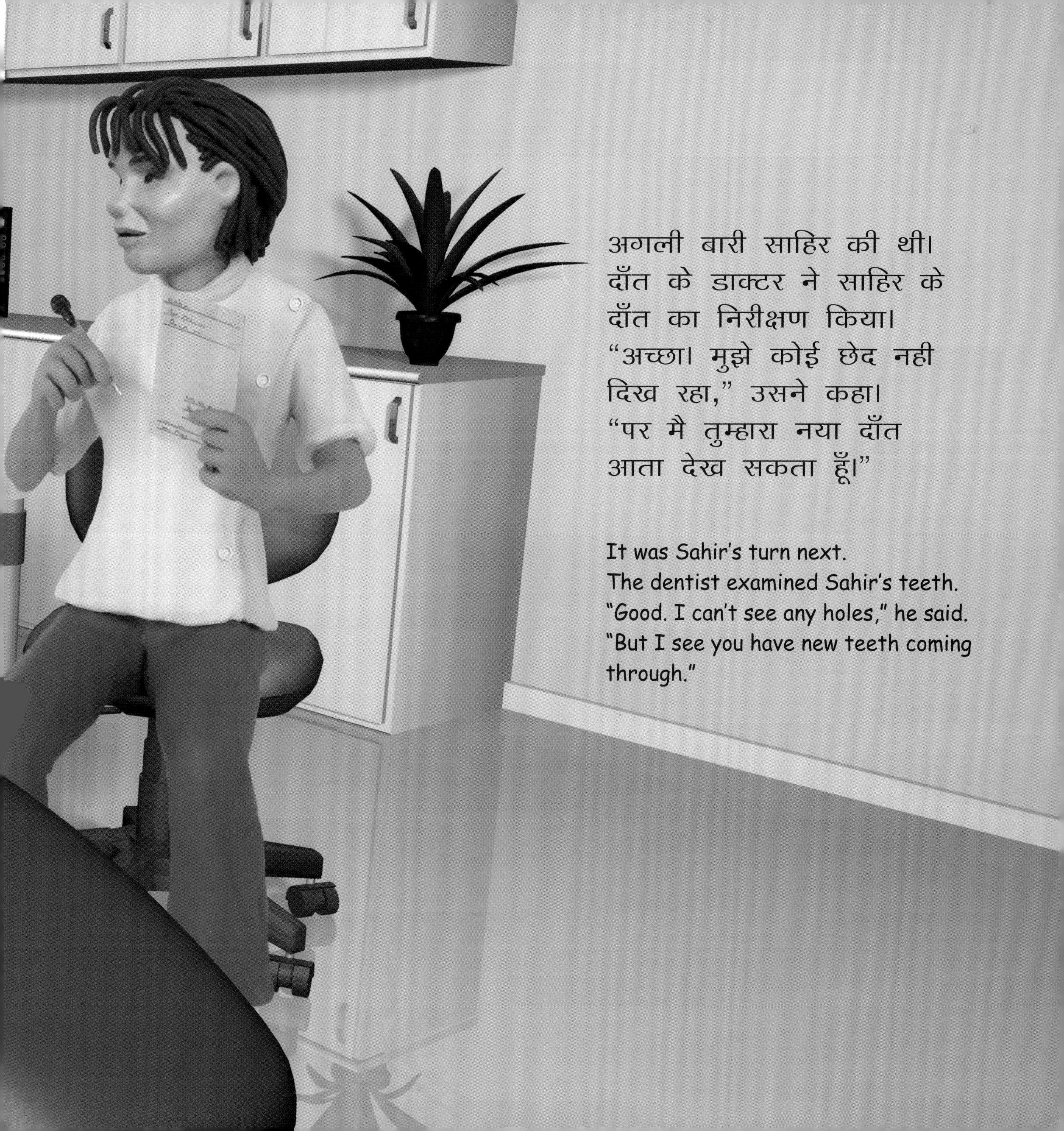

अगली बारी साहिर की थी।
दाँत के डाक्टर ने साहिर के
दाँत का निरीक्षण किया।
“अच्छा। मुझे कोई छेद नही
दिख रहा,” उसने कहा।
“पर मै तुम्हारा नया दाँत
आता देख सकता हूँ।”

It was Sahir's turn next.
The dentist examined Sahir's teeth.
"Good. I can't see any holes," he said.
"But I see you have new teeth coming
through."

“हम तुम्हारे दाँत का एक माडल तैयार करेंगे जिससे तुम्हारे दाँत कैसे निकलेगें हम साफ देख पाएंगे। यहाँ एक माडल है जो हमने एक लड़की के लिए बनाया था।”

"We will make a model of your teeth so we can see more clearly how your teeth are coming through. Here's a model we made for a young girl."

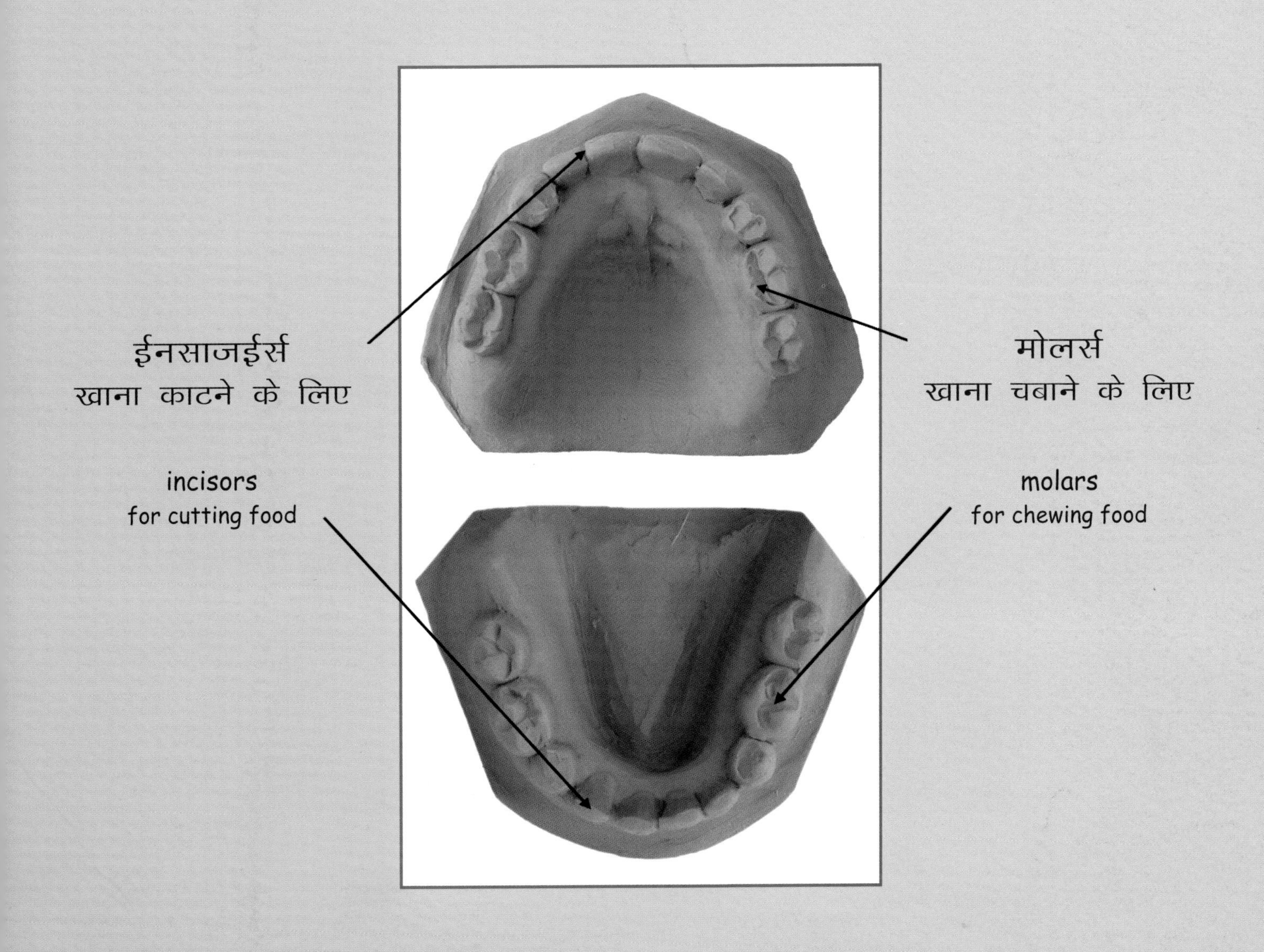

“मुँह बड़ा खोलो,” उसने कहा, और साहिर के ऊपर वाले दाँत पर एक मटमैले रंग के लोई से भरा हुआ छोटा ट्रे रखा। “अब जोर से नीचे काटो जिससे यह बैठ जाए।” फिर उसने साहिर के मुँह से उसे निकाल लिया।

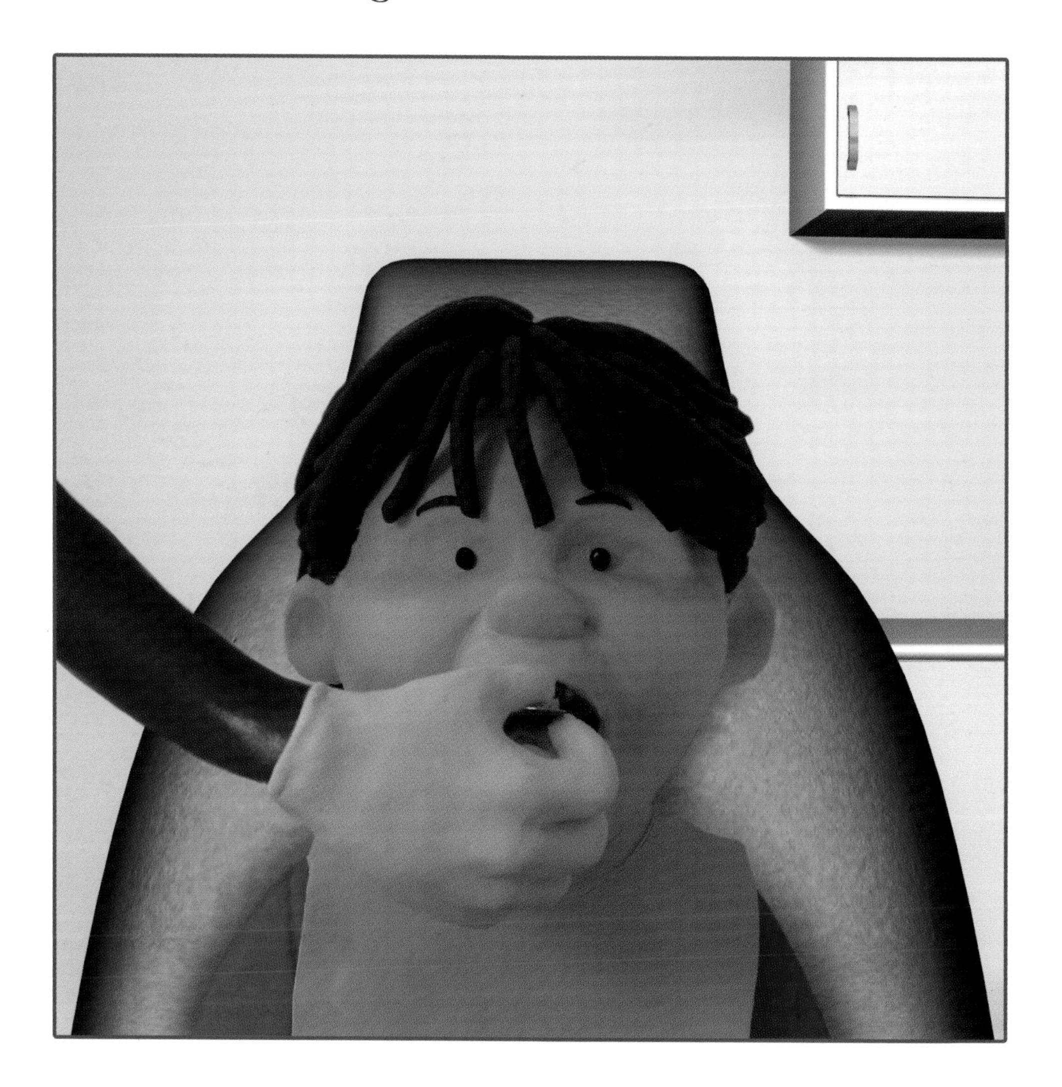

“Open wide,” he said, and put a small tray filled with a gooey coloured dough over Sahir’s top teeth. “Now bite down hard so that it sets.” Then he removed it from Sahir’s mouth.

दाँत के डाक्टर ने साहिर को तैयार साँचा दिखाया। "हम इसे प्रयोगशाला में भेजेंगे जहाँ इसमें प्लास्टर डाल कर माडल बनेगा," दाँत के डाक्टर ने कहा।

The dentist showed Sahir the finished mould. "We send this to a laboratory where they pour in plaster to make the model," said the dentist.

फिर यासमीन और साहिर हाईजिनिस्ट को देखने गए।
“चलो देखें तुम अपने दाँत कैसे ब्रश करते हो,” उसने
साहिर को ब्रश देते हुए कहा।

Next Yasmin and Sahir went to see the hygienist.
"Let's see how you brush your teeth," she said, handing Sahir a toothbrush.

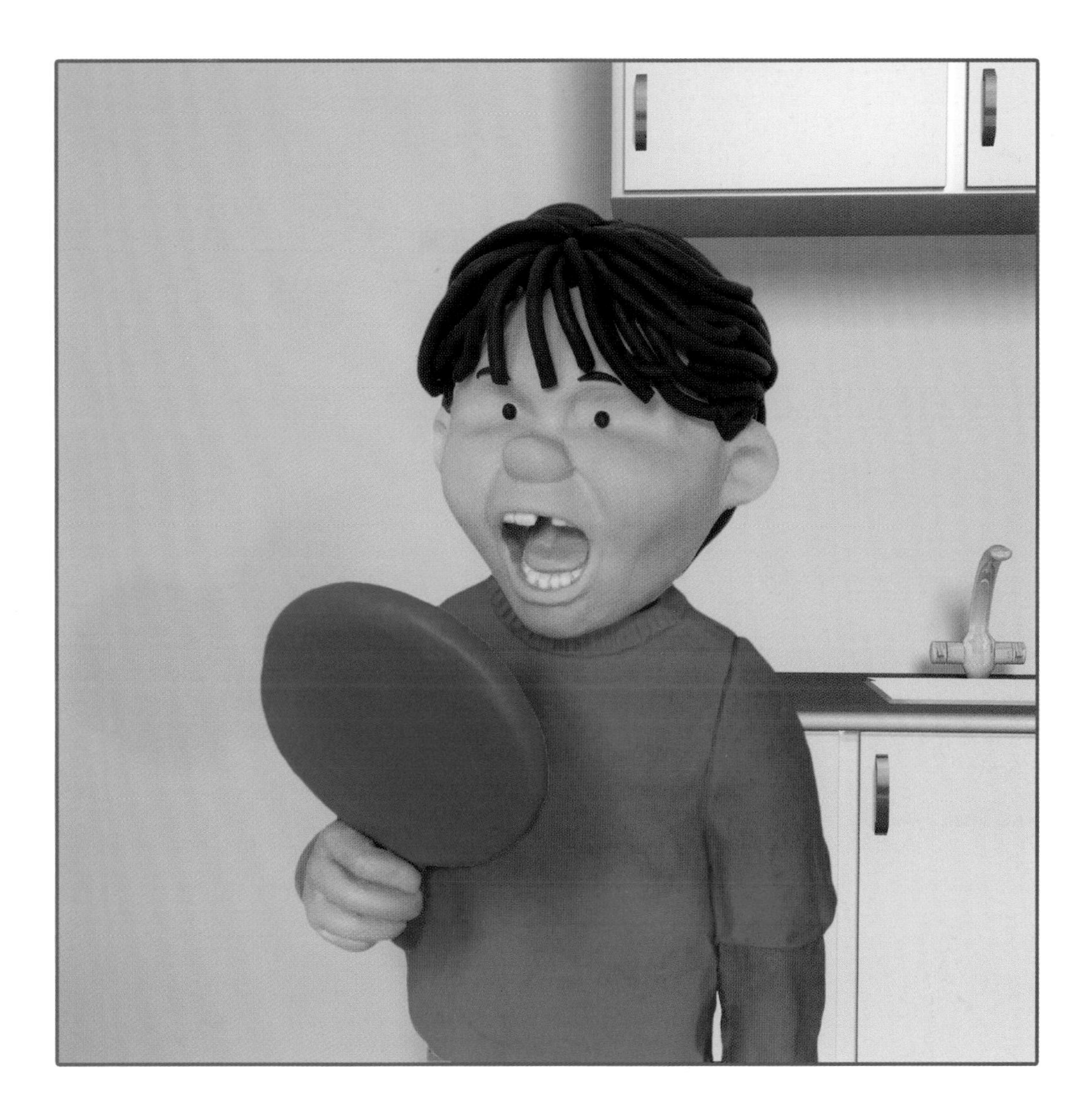

जब साहिर कर चुका, तब हाईजिनिस्ट ने उसे एक गुलाबी टेबलेट चबाने के लिए दी।
“सभी जगह जो ब्रश करने से रह गयी हैं उस दाँत पर गहरे गुलाबी दाग दिखाई पड़ेगा।”

When Sahir had finished, the hygienist gave him a pink tablet to chew.
“All the places you missed with your toothbrush will show up as dark pink patches on your teeth.”

उसने एक विशालकाय दाँत पर बच्चों को ब्रश करने का सही ढ़ंग बताया।
"वाह, यह तो डायनासोर के दाँत जैसा बड़ा है," भौंचक्के से साहिर बोला।

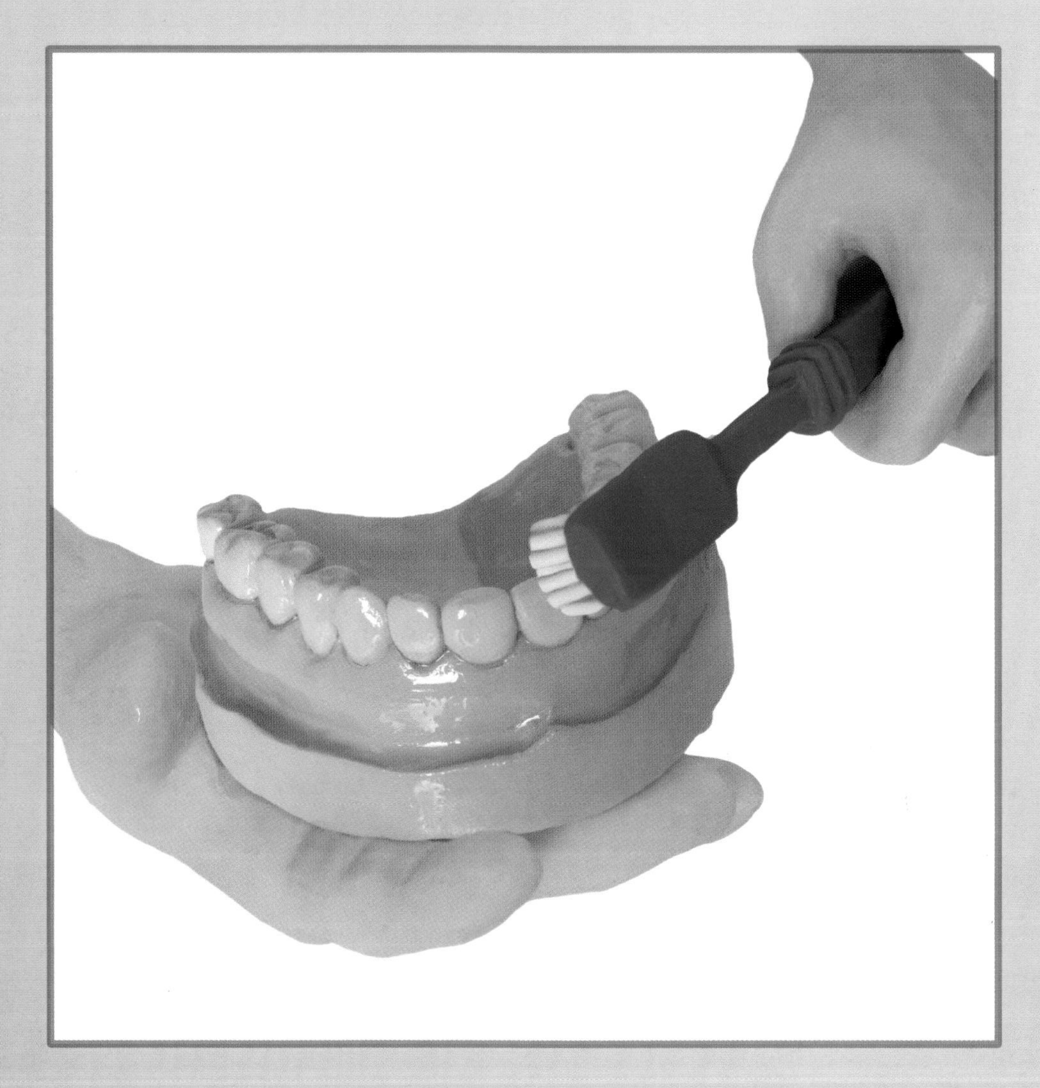

She showed the children the proper way to brush on a giant set of teeth.
"Wow, they're as big as dinosaurs' teeth," gasped Sahir.

“तुम्हे अपने दाँत को ऊपर से नीचे ब्रश करना चाहिए। फिर हर दिशा में आगे से पीछे ब्रश करो,” हाईजिनिस्ट ने कहा।

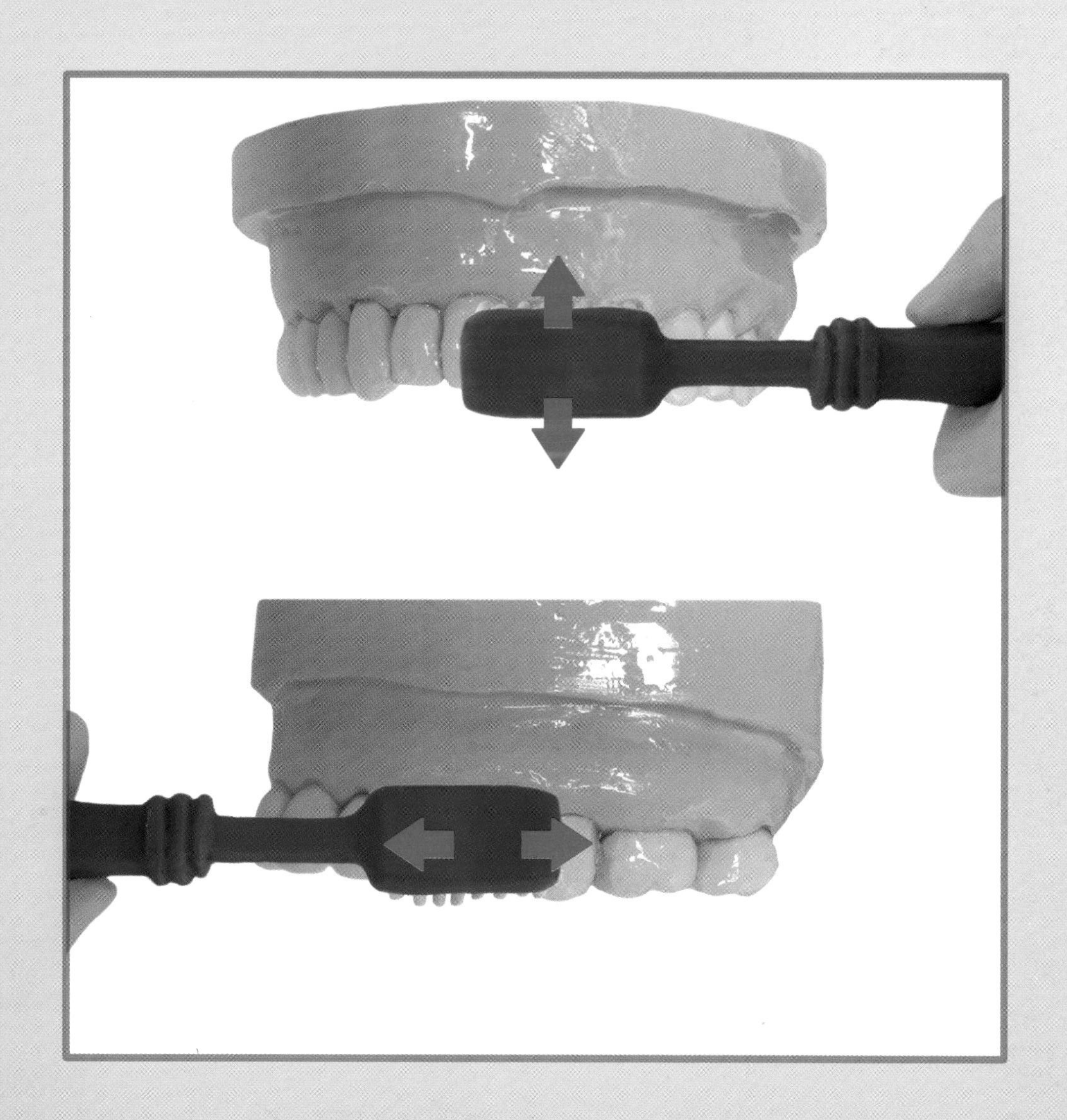

“You need to brush your teeth up and down. Then brush each side from front to back,” the hygienist said.

उसने बच्चों को एक पोस्टर दिखाया। “यह छोटे गन्दे लोग बैक्टीरिया कहलाते हैं और हमारे दाँत पर आक्रमण करते हैं,” हाईजिनिस्ट ने कहा। “ये चीनी खाकर एसीड पैदा करते हैं,” उसने कहा। “इससे तुम्हारे दाँत में छेद हो सकते हैं।”

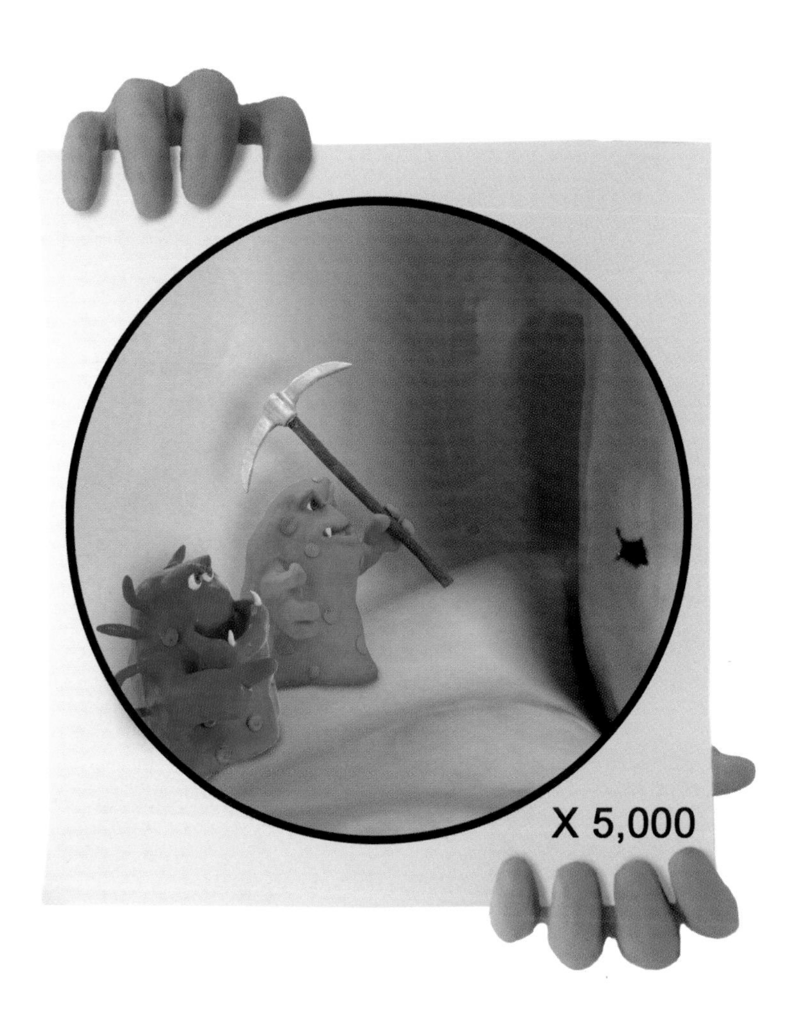

She showed the children a poster. "These tiny bad guys are called bacteria and attack our teeth," said the hygienist. "They gobble up sugar and produce acid," she said. "This can make holes in your teeth."

“छी!” साहिर ने कहा।
“ये हमारे दाँत के उपर के चिपचिपे परत प्लाक में रहते हैं। यह तुम्हारे दाँत पर गुलाबी से दिख रहे थे। बुरे बैक्टीरिया मीठे चिपचिपे खाने को पसंद करते हैं,” हाईजिनिस्ट ने कहा।

“Yuck!” said Sahir.
“They live in a sticky layer covering our teeth called plaque. This was shown up as pink on your teeth. The bad bacteria love sweet sticky foods,” said the hygienist.

“इसलिए प्रयत्न करके कम चीनी खाओ,” हाईजिनिस्ट ने कहा।

“So try and eat less sugar,” said the hygienist.